L'ŒUVRE

DE

ERNEST BARRIAS

EXPOSITION AU SALON DES ARTISTES FRANÇAIS

GRAND PALAIS DES CHAMPS-ÉLYSÉES

du 15 Mai au 30 Juin 1908

ERNEST BARRIAS

1841-1905

L'ŒUVRE

DE

ERNEST BARRIAS

ERNEST BARRIAS

1902

L'ŒUVRE

DE

ERNEST BARRIAS

AVEC UNE NOTICE

DE

GEORGES LAFENESTRE

Membre de l'Institut

ERNEST BARRIAS

Avant son départ pour Rome

PARIS

TYPOGRAPHIE PHILIPPE RENOUARD

19, RUE DES SAINTS-PÈRES, 19

1908

INTÉRIEUR DE L'ATELIER DE ERNEST BARRIAS — 1895

FLORE
Statue pierre — Grand Palais, porte de l'avenue d'Antin — 1906.

ERNEST BARRIAS

(1841-1905)

Ernest Barrias naquit à Paris, le 13 avril 1841, il y mourut le 4 février 1905. Il appartient donc à cette génération de sculpteurs, vaillante et studieuse, qui, succédant aux maîtres, novateurs ou conservateurs de la période romantique, s'efforça de concilier leurs enseignements dans un éclectisme libre et fécond. La plupart, les uns plus indépendants, plus hardis et passionnés, les autres plus scolaires, prudents et réfléchis, tous épris d'un égal amour pour leur métier et pour leur art, s'élancèrent à la gloire, dans les dernières années de l'Empire et les premières de la République, de 1860 à 1880 environ. Ce furent, parmi les aînés, Guillaume, Frémiet, Carpeaux, Paul Dubois, Chapu, Falguière; parmi les cadets, Dalou, Chaplain, Delaplanche, Allar, Degeorge, Idrac, Mercié, Coutan,

FÉLIX-JOSEPH BARRIAS, PÈRE

Buste marbre — 1863.

Roty, etc. Beaucoup sont morts avant l'heure. Les survivants continuent leur œuvre, œuvre de science et de sincérité, de foi et de pensée. Chez tous, l'incessante activité de l'imagination, aussi largement ouverte aux aspirations modernes qu'aux admirations ré-

FONDATION DE MARSEILLE

Bas-relief plâtre — Premier Grand Prix de Rome. — 1865

trospectives, a toujours résolument associé l'étude attentive de la Vérité à la poursuite émue de la Beauté.

JEUNE FILLE DE MÉGARE

Statue marbre — Musée du Luxembourg — 1868

Barrias, dans ce dernier groupe, prit, de bonne heure, parmi ses camarades, une excellente place. On l'estimait pour ses aptitudes techniques, son ardeur au travail, la sincérité de ses convictions. On l'aimait pour la droiture simple et franche de son caractère, la dignité de sa vie, la sûreté de ses affections. Né, comme la plupart d'entre eux, dans un milieu de pauvreté, presque de misère, c'est par une volonté opiniâtre qu'il devait, à son tour, gravir tous les degrés de l'échelle sociale, et s'ouvrir, par la noblesse de l'esprit et par celle du talent, les mondes les plus divers. De ses origines plébéiennes,

BACCHANTE ET ENFANT

Terre cuite originale — 1872

dont il se montrait heureux, il avait gardé, avec la vigueur physique et la capacité de travail, cette fermeté morale, cette constance de bon sens, ces habitudes de scrupules dans l'accomplissement des devoirs sociaux et professionnels, fond grave de sympathie fraternelle pour toutes les misères et toutes les grandeurs humaines, que nous retrouvons, si loin que nous remontions dans le passé, comme la force et l'honneur d'une vieille race, chez presque tous nos tailleurs d'images et statuaires, depuis le Moyen Age.

LE SERMENT DE SPARTACUS

Groupe marbre, envoi de Rome — Jardin des Tuileries — 1872

LA RELIGION

Statue bronze — Monument Auguste Dreyfus, à Lima — 1874

LA CHARITÉ

Statue bronze — Monument Auguste Dreyfus, à Lima — 1874

Son enfance fut triste, son adolescence pénible. Son père et sa mère, braves cœurs tous deux, étaient d'humeur trop diverse : l'un, vieux soldat, devenu, sur le tard, peintre de porcelaines et tissus, un peu déclassé, vivant dans le rêve et la fantaisie; l'autre, ménagère diligente et économe, inquiète de l'avenir, le rappelant sans cesse à la réalité. Ils finirent par se séparer. Durant le séjour en Italie de son frère aîné Félix, grand-prix de Rome pour la peinture (1844-1850), l'enfant, au lieu d'aller à l'école, dut garder sa mère infirme, presque aveugle, être son servant et son guide. Il fallut l'intervention d'un généreux ami de la famille pour qu'il pût, un peu plus tard, recevoir quelque instruction. Le père et le frère le mirent alors au dessin ; il y mordait mal, préférant modeler de la glaise. Il devait, pourtant, bientôt se rattraper, prendre chez Léon Cogniet, pour la peinture, un amour sincère, mais ce ne fut qu'après avoir passé une année d'apprentissage sculptural dans l'atelier de Cavelier. Pour cet excellent maître, Barrias, comme tous ses autres élèves, conservait une vive reconnaissance. Déjà endurci, dans sa famille, aux plus rudes besognes, il avait appris, chez Cavelier, par l'exemple personnel du savant artiste, toutes les

LES PREMIÈRES FUNÉRAILLES
Étude crayon — 1877

LES PREMIÈRES FUNÉRAILLES

Groupe marbre — Musée de la Ville de Paris, Petit Palais — 1878

LA SCIENCE

Statue pierre — Hôtel-de-Ville de Poitiers — 1875

L'AGRICULTURE

Statue pierre — Hôtel-de-Ville de Poitiers — 1875

pratiques du métier, la taille de la pierre et du marbre, la ciselure et la gravure du bronze. Dès lors, expert à connaître, aimer, manier toutes les matières, il pouvait exécuter, lui-même, le travail de mise au point et de pratique, faire au besoin œuvre de charpen-

MADAME ERNEST BARRIAS
Buste marbre — 1876

tier et de ferronnier. Lorsqu'il entra à l'École des Beaux-Arts, le 7 avril 1858, chez Jouffroy, il était déjà supérieur à beaucoup de ses camarades par cette expérience et cette habileté manuelles.

Dès lors ses succès dans sa carrière mieux ouverte, grâce à une énergie silencieuse de labeur et de volonté infatigables, suivent la progression la plus régulière. Deuxième grand prix de Rome, en 1861, avec son bas-relief *Chryséis rendue à son père par Ulysse*, il

MADAME OLIVIER

Buste marbre — Musée Bonnat à Bayonne — 1877

expose au Salon, la même année, les bustes de *Son père* et du graveur *Jazet*. Sa réputation comme portraitiste est commencée. *Jules*

Favre le fait venir à la campagne pour poser devant lui. Cette effigie, en marbre, chaleureuse et éloquente, du grand orateur, conservée aujourd'hui dans la galerie de Mᵉ Barboux, y fait bonne figure, non loin d'un admirable buste de *Barnave*, par Houdon. Chemin

RENOMMÉE
Statuette bronze — 1873

faisant, curieux et avide de toutes les ressources de son art, le jeune homme a complété ses études décoratives chez Mathurin Moreau, et il en fait l'application dans une frise polychrome (*Allégories maritimes*) pour une villa à Deauville, quelques travaux à l'Opéra, les statues de *Virgile* et du *Printemps* dans l'hôtel Païva.

En 1865, grand prix de Rome avec le bas-relief, *Fondation de*

Marseille. — Glyptis, fils d'un chef gaulois, choisit pour époux Photis ambassadeur phocéen. C'est l'avenir, le travail, la gloire, promis, presque assurés. Barrias part, comme on partait alors pour l'Italie, joyeux, exalté d'avance par les beautés pressenties dans les récits

MUNKAKSY
Buste bronze — 1879

des maîtres, les chefs-d'œuvre du Louvre, les images des livres; il y séjourna comme on y séjournait alors, plus charmé chaque jour par les surprises incessantes des beautés imprévues. Les pensionnaires de la villa Médicis n'en quittaient les ateliers tranquilles et les ombrages rêveurs que pour aller, aux belles saisons, enrichir leur imagination par des émerveillements nouveaux, à Naples, Florence, Venise, en Sicile et en Grèce. On s'inquiétait si peu de Paris, du Salon, de la Presse, des marchands, des amateurs, des succès à venir! L'essentiel n'était-il pas de faire, pour le reste de ses jours, provision d'idéal et de beauté, de science et de conviction, dans cette ferveur désintéressée de sympathie et de vie quotidienne avec la Nature, l'Art, la Poésie, avec leurs splendeurs passées et présentes? Nous passâmes à Rome l'hiver de 1866-1867 avec Sully Prudhomme, et nous savons quelle curiosité de toutes choses animait nos amis de la villa. Barrias y était arrivé avec les architectes Noguet et Ghérardt, Machard, peintre, Lenepveu, musicien : il y avait retrouvé Hiolle, Chaplain, Delaplanche, qu'allaient suivre Degeorge, Mercié, Allar, Lanson, Marqueste, Idrac, Injalbert, Roty. Dans ce groupe, on adorait la musique, on aimait l'histoire, on écoutait les savants, quelques-uns lisaient beaucoup. Barrias, très laborieux, assez solitaire, compléta là son instruction,

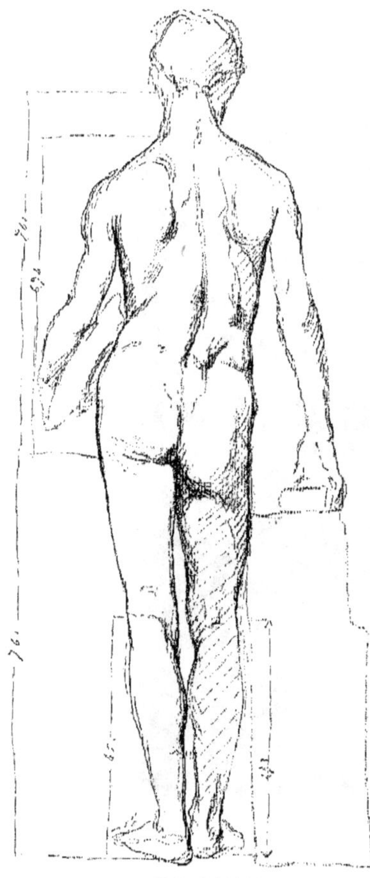

BERNARD PALISSY
Etude crayon — 1879

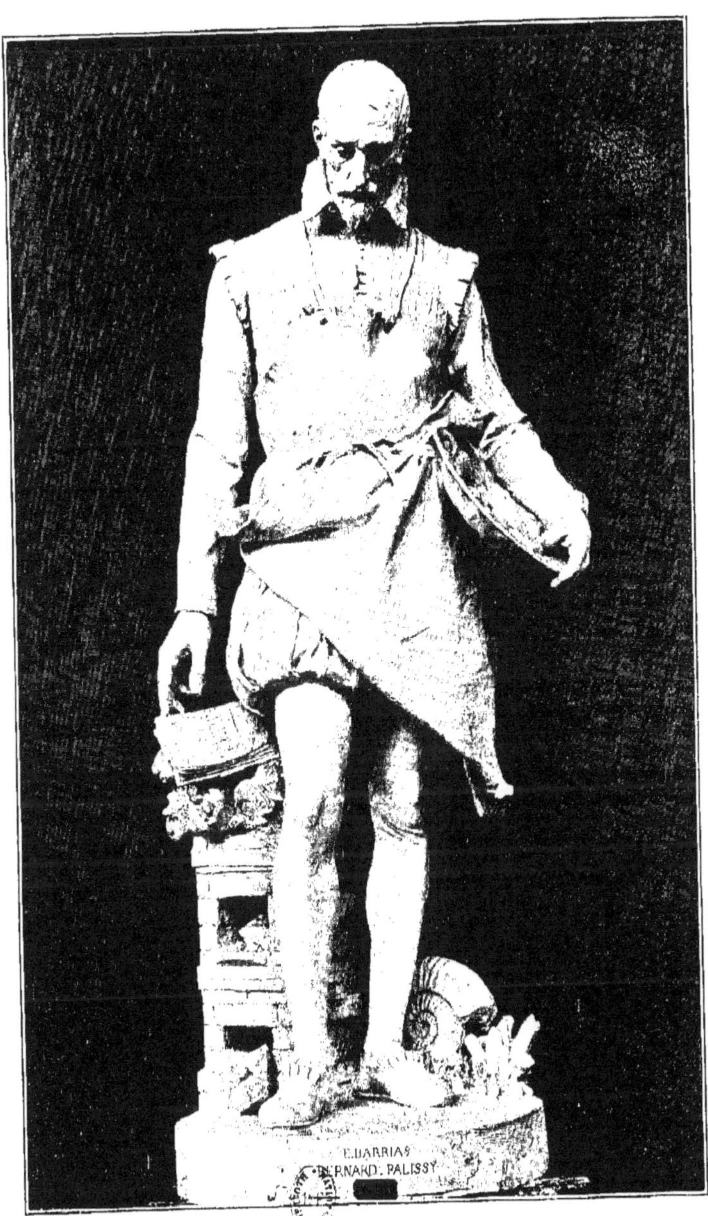

BERNARD PALISSY

Statue bronze — Square de l'Église St Germain des-Prés — 1880

tout en faisant ses envois réglementaires, une *Ronde de Faunes et Bacchantes*, un buste de *Jeune Romain*. En juillet 1870, lorsque la

LES DEUX SOEURS
Groupe bronze — 1880

guerre éclata, il venait d'envoyer au Salon, la *Fileuse de Mégare*, il achevait le *Serment de Spartacus*.

Au premier coup du sanglant tocsin qui annonçait nos défaites, en même temps que Paul Baudry, déjà âgé, s'écriait à Venise : « On bat maman, je vais la défendre ! » et reprenait la route de Paris,

Barrias accourait en France. Accueilli à Châlons, chez des parents du général de Susbielle, il s'engage dans les mobiles de la Marne, et, bientôt il rentre à Paris, avec les épaulettes de lieutenant. C'est

LA DÉFENSE DE PARIS
Côté regardant Paris — Rond-Point de Courbevoie — 1880

durant le siège où Sully Prudhomme, aux avant-postes, dans les nuits glaciales, contracta des infirmités dont il ne guérit jamais, que Barrias prit aussi les germes de la bronchite chronique, désormais son insupportable tourment. L'issue fatale n'en put être long-

LA DÉFENSE DE PARIS

Groupe bronze — Rond-Point de Courbevoie — 1880

temps conjurée que par des précautions infinies et les soins affectueux dont il fut bientôt entouré. Au lendemain de la paix, il s'était fiancé suivant son cœur dans une famille amie. Dès lors, le voilà remis au travail, et avec quel entrain!

LA DÉFENSE DE SAINT-QUENTIN

Groupe bronze — 1882

Lorsqu'au Salon de 1872 (le premier rouvert après la guerre) apparurent, côte à côte, la *Jeanne d'Arc*, par Chapu, le *Corneille*, par Falguière, le *David vainqueur*, par Mercié, le *Serment de Spartacus*, par Barrias, ce fut une émotion poignante, virile, singulièrement

M. DUFAURE

Buste marbre — 1882

Dr DECHAMBRE

Buste marbre — 1882

MOZART ENFANT

Statuette bronze, cire perdue — Musée du Luxembourg — 1883

LE CHANT

Statue marbre — Hôtel-de-Ville, escalier des Fêtes — 1884

consolatrice pour notre patriotisme accablé! C'était bien toute l'âme de la France, toujours active et toujours espérante, cette âme d'hu-

LA MUSIQUE
Statue marbre. — Hôtel-de-Ville, escalier des Fêtes — 1884

manité générale et expansive, due au sang mêlé de ses ancêtres gaulois et scandinaves, grecs et latins, qui renaissait, parlait, promettait,

L'ÉLECTRICITÉ

Groupe décoratif pour la Galerie des Machines — 1889

dans l'attitude pensive et le geste militant de tous ces jeunes héros et héroïnes! Et c'était aussi cette jeunesse vaillante, ennoblie de candeur lorraine, d'intelligence normande, d'élégance toscane, de sévérité romaine, qui semblait nous annoncer le triomphe répara-

MARMONTEL, PÈRE
Professeur au Conservatoire
Buste marbre — 1885

teur de la Foi, de l'Esprit, du Courage, de la Justice! Le groupement tragique de l'esclave colossal en croix dont le lourd cadavre semble prêt d'écraser le jeune homme, son compagnon de douleurs qui, roidi sur ses jambes, étreint la main pendante du martyr et jure, entre ses dents, de le venger, ne nous sembla pas alors une recherche trop dramatique! Nous en avions tant vu, d'autres drames, plus sanglants et plus atroces. « L'expression de Spartacus, disions-nous alors, reste à la fois sérieuse et fière, comme il sied au héros étrange qui joignait, dit Plutarque, à un extraordinaire courage, une

BACCHANTE

Statuette en bronze — 1891

prudence et une douceur dignes d'un Grec. Le fait est-il historique? Peu importe. L'artiste a le droit d'interpréter les légendes et d'agrandir les traditions. On peut, en acceptant la pensée de M. Barrias, voir dans son groupe une allégorie générale des douleurs du monde antique, où l'héritage de la haine se transmit cruellement de père en fils, tant qu'une religion plus humaine ne vint pas briser les chaînes de tous les esclaves... D'ailleurs, l'exécution est mâle et

JEUNE FILLE DE BOU SAADA

Statue bronze cire perdue — Tombeau de Guillaumet, cimetière Montmartre — 1890

hardie, c'est celle d'un fidèle élève de la Rome antique, ayant le goût des conceptions héroïques, des attitudes grandioses, des factures robustes, et qui aimerait mieux pécher par une exagération de force que par des apparences de mièvrerie.

L'ENFANT AU COQUILLAGE
Statuette bronze — 1890

Depuis le *Spartacus*, Barrias a progressivement modéré les tendances, un peu rudes, de son tempérament viril, par un contact plus assidu avec les œuvres plus simples et harmonieuses de l'antiquité grecque et de la Renaissance française, mais le fonds de son imagination est toujours resté grave et triste. On l'a bien vu par l'empressement qu'il apportait à se charger de monuments funéraires, et par sa prédilection, lorsqu'il se proposait à lui-même des sujets de travaux, pour les allégories philosophiques et morales. C'est à une inspiration de ce genre, très personnelle et très humaine, que nous devons son œuvre la plus populaire, les *Premières Funérailles*, qui lui valut, en 1878, sa médaille d'honneur.

JEANNE D'ARC PRISONNIÈRE
Statue marbre (face) —
Monument de Bon Secours, à Rouen — 1891

Cette fois encore, est-ce bien de l'histoire? Est-ce même de la légende? Faut-il mettre les noms d'Adam, Ève et Abel, sous le groupe de ce père et de cette mère éplorés, transportant le cadavre de leur jeune fils? Non, non, c'est beaucoup plus et c'est beaucoup mieux. Comme chez tous les grands artistes penseurs de Grèce, de France, d'Italie, nous nous sentons à travers des réalités vivantes, transportés en pleine humanité, dans la vérité de tous les jours et de tous les temps. C'est un homme, c'est une femme à qui on a tué leur enfant. Et le père, soulevant ce beau corps inerte, se raidit, à la fois, dans tous ses membres, pour ne pas laisser tomber le cher fardeau, et dans toute sa face contractée pour résister à sa douleur. Serrant les lèvres pour ne pas crier, les paupières pour ne pas pleurer, il ne peut quitter des yeux le visage du mort. Et la mère, se

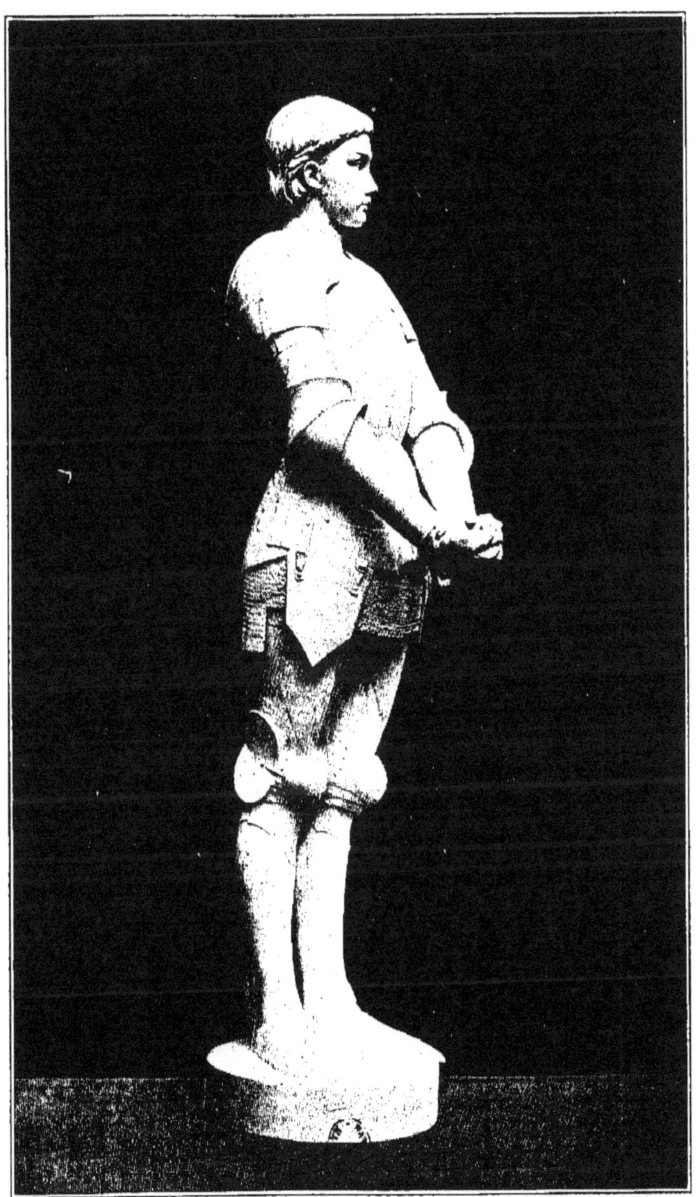

JEANNE D'ARC PRISONNIÈRE

Statue marbre (profil) Monument de Bon Secours, à Rouen — 1891

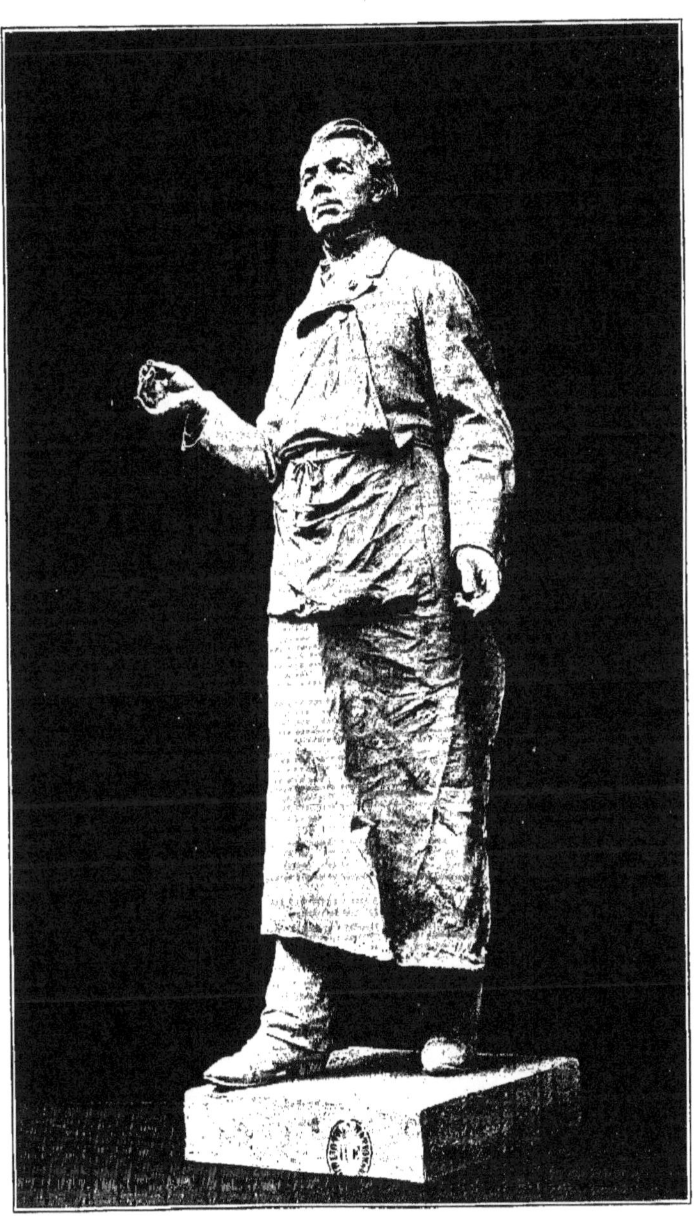

LE DOCTEUR RICORD

Statue bronze — Hôpital du Midi, à Paris — 1892

TOMBEAU DE MADAME TALABOT

Statue marbre — Cimetière de Saint-Geniez (Aveyron) — 1892

LA BOTANIQUE

Bas-relief pierre de Munich — 1892

pressant contre son époux, faible, trébuchante, de ses douces et tendres mains, soulève la tête de son premier-né pour lui donner le baiser d'adieu. Nul éclat de sanglots, ni violences de gestes, ni gri-

L'ESPÉRANCE
Statuette pierre de Munich (face) — 1893

maces de physionomie. C'est le silence morne, la tranquillité poignante des douleurs profondes. Et nous sommes d'autant plus saisis que, par le rythme savamment naturel des masses et des contours, un enchevêtrement si compliqué de trois figures en mouvement, l'artiste a puissamment exprimé la force de vie animant des corps solides sous leurs enveloppes de chairs assouplies, sans inquiéter

L'ESPÉRANCE

Statuette pierre de Munich (profil) — 1893

ANATOLE DE LA FORGE

Statue bronze — Tombeau au Père La Chaise — 1893 7

L'ARCHITECTURE

Statue marbre — Tombeau de l'architecte Guérinot au Père La Chaise — 1893

notre émotion par aucun accessoire importun ou manifestation intempestive de virtuosité vaniteuse. Les exemples d'une si simple et forte unité dans la plastique expressive deviennent assez rares,

L'ÉDUCATION RELIGIEUSE

Groupe marbre — Tombeau de Madame Henri Barboux, au cimetière Montparnasse — 1894

depuis que la paresse et la présomption ont répandu, dans les ateliers, des habitudes de mépris pour l'art essentiel de la composition, pour qu'on doive les estimer à leur valeur lorsqu'on les rencontre.

Le succès des *Premières Funérailles* attira à Barrias de nombreuses commandes. Il ne les acceptait, d'ailleurs, qu'à bon escient, lorsqu'elles semblaient répondre à ses tendances d'inspiration et de pensée. De quelque nature que fussent ces travaux, monuments

DANSEUSE
Statuette bronze — 1894

funéraires, commémoratifs, iconographiques, groupes ou figures décoratifs, il y apportait le même souci de l'expression juste par l'exécution correcte et complète, et s'y préparait toujours, par de longues, patientes, quelquefois très inquiètes études d'après nature.

NUBIENS

Haut-relief bronze — Muséum d'Histoire naturelle, à Paris — 1894

Son désir de vérité, aussi exigeant pour les figures idéales que pour les figures réelles, lui rendait souvent difficile la trouvaille d'un modèle correspondant au type désirable. Dans les notes si intéres-

VICTOR SCHOELCHER
Emancipateur des nègres
Groupe bronze — Monument de Cayenne — 1895

santes sur les travaux de son mari qu'a bien voulu nous confier Mme Barrias, on pourrait recueillir, sur ce point, quantité d'anecdotes curieuses, amusantes ou touchantes. Cette poursuite scrupuleuse de l'exactitude et de la ressemblance, n'était pas sans laisser quelquefois, dans la première réalisation, certaines traces d'effort ou de morcellement, dont le sculpteur, toujours mécontent de lui, était le premier à souffrir. Aussi n'hésitait-il pas à reprendre une figure,

MONUMENT A ÉMILE AUGIER

Enfant tenant le masque de Got (face postérieure) — 1895

quand il en croyait bon le caractère général, pour la corriger, épurer, compléter, par une intensité plus résolue d'expression morale et plastique, et l'achèvement plus libre et plus parfait de l'exécution technique. C'est ainsi que la *Fileuse de Mégare*, dont l'attitude, observée sur place, dans le voyage de Grèce, était si vraie et charmante, mais dont la première présentation lui semblait, dans le tra-

MONUMENT A ÉMILE AUGIER

Place de l'Odéon, à Paris — 1895

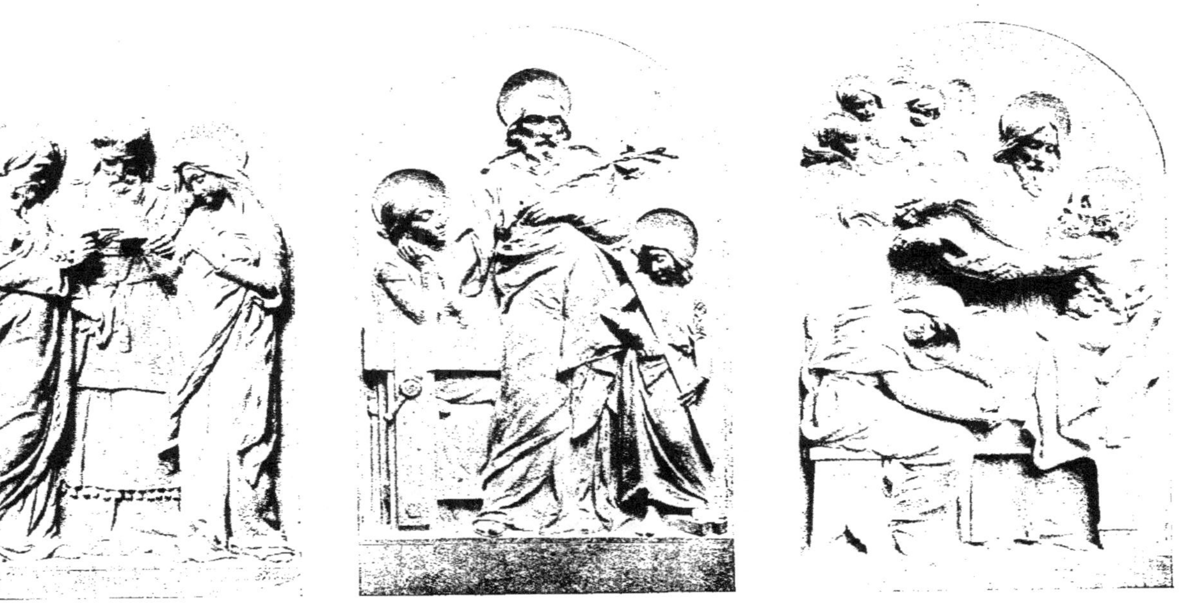

Mariage de Saint Joseph — Saint Joseph, la Vierge et Jésus enfant — Mort de Saint Joseph

VIE DE SAINT JOSEPH

Retable à la Basilique du Sacré-Cœur, à Paris — 1896

vail du marbre, être restée trop scolaire et indécise, devint, par des études plus attentives sur le vif, la *Jeune Algérienne*, si éloquemment pensive sur le *Tombeau de Guillaumet*. De même, nombre de

LA CHIMÈRE
Esquisse bronze (partie postérieure) — 1897

comparses allégoriques associés à la figure principale dans ses grands ouvrages, redescendus de leurs piédestaux, revus avec soin, améliorés avec amour, se changèrent en statues ou statuettes exquises. Telle fut la destinée, par exemple, de la figure attristée de la *Population*, assise derrière le groupe de la *Défense de Paris* (rond-point

LA CHIMÈRE

Esquisse bronze — 1897

de Courbevoie), commandé après un concours, en 1881. Symbole à la fois de souffrance et d'espoir, tenant dans ses mains une touffe de perce-neige, preuves tangibles de la vitalité terrestre sous l'engourdissement passager, présages discrets, mais sûrs, du renouveau prochain, elle fut vite popularisée sous le titre de *Fleur d'hiver*.

LE REFUGE

Statue marbre — Monument Auban Moët — Hospice d'Epernay — 1899

Le même sentiment de patriotisme grave et triste qui anime *la Défense de Paris* se retrouve, à Saint-Quentin, dans *Défense de la Ville*, accompagné des médaillons du vaillant préfet Anatole de la Forge, des généraux Faidherbe, Farre, Lecointe; à Bordeaux, dans le *Monument du président Carnot*, noble victime de la folie anarchique; à Cayenne, dans celui de *Schœlcher*, debout, long, maigre, ferme, stoïque, étroitement boutonné dans sa longue redingote de puritain austère et de démocrate aristocratique, protégeant de sa bienveillance virile l'esclave qu'il a délivré; à Madagascar, dans la Métropole, armée et parée (*Protectorat français*), déesse de paix prête

MONUMENT COMMÉMORATIF DE LA CONQUÊTE DE MADAGASCAR
Statue bronze (partie inférieure) — 1897

au combat, comme Pallas, qui rassure une Malgache tremblante. Le dernier effort de Barrias, dans l'allégorie monumentale, le plus connu, le plus discuté, fût l'énorme *Monument de Victor Hugo*. Cette

MONUMENT COMMÉMORATIF DE LA CONQUÊTE DE MADAGASCAR

Groupe bronze — Tananarive — 1897

vaste composition, dont le programme, trop littéraire, fut imposé à l'artiste avec des exigences croissantes de symbolisations anti-plastiques, montre assurément quelque embarras de coordination entre

MARIA DERAISMES
Statue bronze — Square des Épinettes, à Paris — 1898

les diverses parties. Elle n'en restera pas moins un travail des plus méritoires et des plus honorables pour notre école. On n'en peut guère montrer de meilleur à la même époque.

Si, dans l'écrasement d'un massif rocheux, sous la tombée bru-

MONUMENT DARBLAY

Marbre — Château de Saint-Germain-lès-Corbeil — 1898

tale d'une lumière diffuse, les figures diverses, reposées ou volantes, dont l'association est toujours si difficile même en des intérieurs, sur des fonds pittoresques, n'y produisent pas, à toute heure, l'effet voulu, elles n'en gardent pas moins, chacune à sa place, la valeur de très nobles conceptions virilement exécutées.

Quelques années auparavant, en 1892, dans le dramatique haut-relief du Muséum, *Famille de Nubiens se défendant contre un crocodile,* Barrias avait pu développer plus librement, dans un sujet réel et un cadre bien déterminé, toute sa science de metteur en scène, d'observateur précis, d'habile décorateur, de robuste exécutant. Pour la

MONUMENT DARBLAY

Autre face — 1898

vérité des types, humains, animaux, végétaux, pour les mouvements multiples, agités, enchevêtrés, pourtant nets et clairs des acteurs, pour l'entente de l'effet pittoresque accentuant l'effet plastique par

FILLE D'ÈVE

Statuette pierre de Munich — 1899

le jeu des saillies et des creux, des ombres et des clartés, c'est, comme les *Premières Funérailles*, un travail remarquable. Les figures que les administrations l'invitaient à placer au milieu de leurs architectures ne lui offraient pas toujours des thèmes aussi intéressants. Comme on connaissait son goût de penseur pour l'incarnation des idées en des formes plastiques et qu'il se tirait presque toujours, avec une aisance ingénieuse, des plus difficiles besognes, on n'hési-

LA NATURE SE DÉVOILANT DEVANT LA SCIENCE

Statue marbre -- Faculté de médecine de Bordeaux — 1893

LA NATURE SE DÉVOILANT

Statue marbres polychromes — Musée du Luxembourg — 1899

ÈVE

Statuette ivoire — Piédestal bronze — 1900

tait pas à lui poser les plus étranges problèmes. Au Louvre, après l'*Art*, la *Science*, l'*Architecture*, il dut représenter la *Comptabilité*, à la mairie de Neuilly, à côté de la *Bienfaisance*, de la *Justice*, du *Travail*, la *Caisse d'Épargne*. L'Hôtel de ville, en lui demandant le *Travail*, la *Musique*, la *Chasse*, lui offrit plus simplement l'occasion de penser aux sculpteurs employés par Boccador ou Chambige, et d'alléger ses élégantes déesses par un souffle de Goujon et de Pilon. Quelquefois l'énigme l'attirait si fort qu'il s'obstinait à la résoudre par une répétition patiente de tentatives. C'est ainsi que la *Nature*, l'allégorie qui semble l'avoir le plus séduit, se découvre, d'abord toute nue, devant la *Science*, à la Faculté de Bordeaux, puis qu'elle revient, en marbre blanc, un peu plus vêtue, plus avenante aussi, à la Faculté de Paris, avant d'apparaître enfin, par un dernier avatar, au musée du Luxembourg, richement drapée, en marbres polychromes, une *Nature* franche-

LA LUMIÈRE
Statuette bronze — 1902

MONUMENT A VICTOR HUGO

Face postérieure — 1902

MONUMENT A VICTOR HUGO

Place Victor-Hugo, à Paris — 1902

ment robuste, belle et noble, sous son grand voile, lentement écarté et qu'elle tient encore, qu'elle tiendra toujours suspendu, comme un mystère éternel, au-dessus du sourire pensif de son visage encore indécis sous cette chaude ombre et des saillies lumineuses de sa puissante poitrine, déjà librement découverte.

PSYCHÉ
Vase bronze — 1884

Dans les monuments funéraires dont il fit un grand nombre, ce qui le préoccupe toujours, aussi, avant tout, pour les statues ou reliefs symboliques, de la vérité complète par les images des morts, gisants ou sur pieds, c'est la recherche de la convenance expressive. Quelques-unes de ces effigies sont d'admirables portraits, quelques-uns de ces reliefs des visions d'une poésie aimable ou profonde. L'un de ses premiers fut, au cimetière de Saint-Geniez (Aveyron), le *Tombeau de Madame Talabot*, à genoux, en prière. Puis, c'est au Père-Lachaise, en 1882, dressé sur sa pierre, face à l'envahisseur, l'épée en main, tête nue, le défenseur de Saint-Quentin, *Anatole de La Forge*, d'une allure si vive et si franche; en 1889, celui du peintre *Guillaumet;* en 1873, celui de l'architecte *Guérinot;*

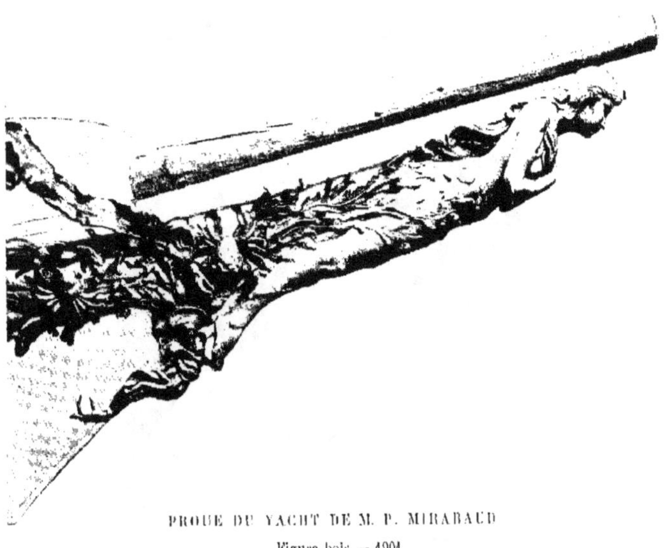

PROUE DU YACHT DE M. P. MIRABAUD
Figure bois — 1904

en 1894, à Montparnasse, au-dessus des restes de *Mme Barboux*, le groupe, si touchant et si tendre, d'un sentiment de résignation et de confiance si profondes dans la pratique des grandes vertus, foi, espérance, charité. L'on y voit une mère apprenant à lire à son enfant, mais qui lui fait quitter le livre des yeux afin qu'il regarde plus haut et qu'il entende la voix du ciel : « L'homme a deux ailes pour s'élever à Dieu ». La dernière inspiration de Barrias, dans cet ordre d'idées, d'une simplicité douloureuse, fut la *Duchesse d'Alençon*, morte dans l'incendie du Bazar de la Charité, qu'il montra hardiment, étendue à terre dans sa dernière parure.

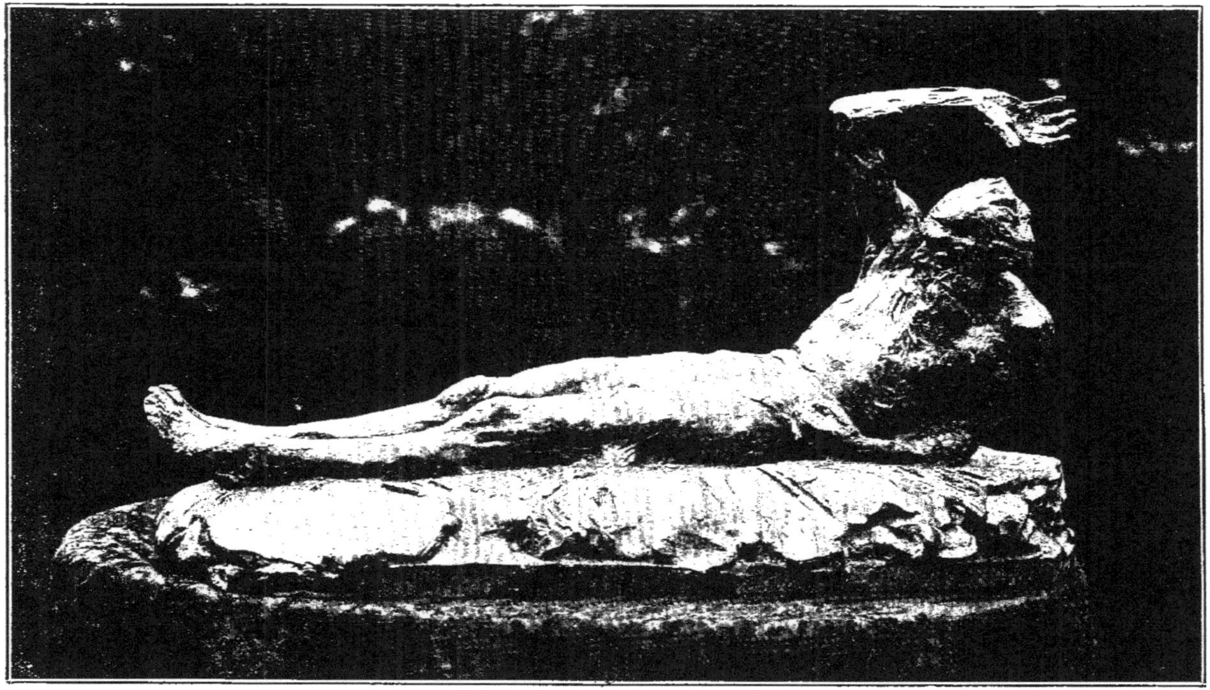

JOB

Esquisse bronze — 1903

« Maudit soit le jour où je suis né ».

L'ÉTUDE

Statue marbre — 1903

EUGÈNE GUILLAUME

Croquis fait à l'Institut — 1892

La Ville-Revault (Ille-et-Vilaine)

Croquis d'après nature — 1882

FRISES DE L'HOTEL-DE-VILLE DE NEUILLY

La Bienfaisance — L'Epargne — L'Etude — La Justice

Décoration pierre — 1885

FRISES DE L'HOTEL DE VILLE DE NEUILLY

Les Enfants

Décoration pierre — 1885

FRISES DE L'HOTEL DE VILLE DE NEUILLY

Les Enfants (suite)

Décoration pierre — 1885

LES ENFANTS A LA TORTUE

Groupe bronze — 1880

L'ENFANT A LA TIRELIRE
Statuette bronze — 1882

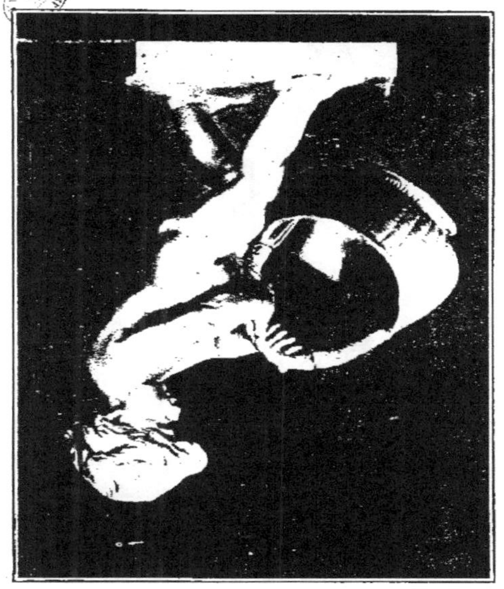

L'ENFANT AU PANIER
Statuette bronze — 1881

L'ENFANT SOULEVANT UN VASE

Statuette bronze — 1883

L'ENFANT A L'ESCARGOT

Statuette bronze — 1884

S'il aimait d'évoquer, avec une sympathie compatissante pour les communes douleurs, le souvenir des morts dans les cimetières, il se plaisait non moins à ressusciter leur mémoire glorieuse, en plein air ou dans les intérieurs, par leur simple image. Le *Bernard Palissy* (square Saint-Germain-des-Prés, 1880) et le petit *Mozart* (1883)

SPHINX
Esquisse bronze — 1887

accordant son violon, si justement applaudis et si vite populaires, ne furent que les premières pièces d'une série de restitutions plus imposantes. Le *Pascal* assis, à la Sorbonne, inclinant sous le poids et l'angoisse de sa pensée sa tête prématurément vieillie (d'après le moulage posthume communiqué par M. Gazier); la *Jeanne d'Arc* enchaînée, debout devant ses juges, si virilement douce et humblement fière (étudiée d'après une jeune religieuse, paysanne lorraine) sur la terrasse de Bon Secours, près de Rouen; le *Dr Ricord*, en tablier d'opérateur, lancette en main, sur le boulevard de Port-Royal; *Mme Maria Deraisme*, au square des Épinettes; le *Lavoisier*, derrière la Madeleine, en face de la rue Tronchet, témoignent d'une aptitude

SIRÈNE
Esquisse terre cuite — 1887

singulièrement étendue à comprendre et représenter avec franchise les personnages les plus divers ayant noblement servi l'*Art*, la *Patrie*, la *Science*, la *Pensée*. Il a cherché pour tous, et le plus souvent trouvé, le mouvement naturel, le geste significatif, la physionomie parlante, l'accessoire explicatif, tout ce qui peut le mieux faire revivre l'esprit d'une époque, le tempérament, la profession, le caractère physique et moral d'un individu, s'efforçant ainsi d'accomplir le plus strict devoir, quoi qu'on dise, de l'artiste iconographe et portraitiste.

S'il n'avait pas à dresser une figure entière sur un piédestal, mais seulement à l'orner d'un buste, il donnait encore un soin particulier à ce morceau. L'Exposition rétrospective de ses œuvres, que la Société des Artistes Français se propose d'ouvrir au Grand Palais,

CAÏN
Esquisse bronze — 1887

durant le Salon, nous montrera, en ce genre, où il avait trouvé ses succès, toute une série d'excellents spécimens. Beaucoup, immobilisés par leur destination, n'y paraîtront que par moulage ou sur photographies. Tels seront peut-être ceux de son camarade *Henri Regnault*, dont il moula le masque sur le champ de bataille, d'*Émile Augier*, sur la stèle de l'Odéon, salué par l'Aventurière; de *Paul Darblay*, dans un parc, à Corbeil, au-dessus d'enfants à l'école ou au moulin; d'*Auban-Moët*, à l'hôpital d'Épernay, près duquel une pauvresse cherche son *Refuge*. Beaucoup d'autres bustes isolés, ceux de *M. Barrias père*, d'*Anatole de La Forge*, de *Marmontel*, professeur au Conservatoire, de *Munkacsy*, de *Mme Olivier*, etc., etc., y montreront les progrès incessants accomplis par l'artiste, dans l'expression de

LA MÈRE DE CAÏN
Esquisse terre cuite — 1890

plus en plus intense et animée de la vie extérieure et du sentiment intime.

La même poursuite de perfection se retrouvera dans une quantité de petits bronzes, terres cuites, glaises et plâtres, marbres et pierres, études achevées, ébauches, esquisses, projets de toutes sortes qui pourront alors sortir de ses ateliers et de ses armoires. On admirera vraiment la vivacité des observations faites sur la nature, en toutes occasions, en plein air comme dans l'atelier, dans les champs comme à la ville, et la variété des visions suscitées dans l'âme méditative

LA GUERRE
Esquisse terre cuite — 1903

de l'artiste par une sensibilité toujours en éveil, soit qu'il regarde le présent, soit qu'il se retourne vers le passé. Parmi ses dernières œuvres, la charmante figure de l'*Étude*, d'abord sculptée en haut relief sous l'horloge de la Bibliothèque nationale, puis reprise, en ronde-bosse, pour son plaisir, témoigne d'une virtuosité émue,

MORT DE LA POÉSIE
Esquisse terre cuite — 1903

chaque jour plus assouplie par le sentiment de la grâce. En même temps, ses dernières esquisses allégoriques, le *Destin écrasant la Jeunesse* entre ses bras, la *Chimère victorieuse*, trônant sur le globe,

LE DESTIN

Esquisse bronze — 1903

au-dessus de toutes ses victimes, le *Job* accusateur étendu sur son fumier, révèlent, dans cette âme endolorie et compatissante, sous des formes pathétiques, violentes, tourmentées, assez inattendues, la persistance des nobles indignations, devant les injustices de la vie, chez l'auteur du *Spartacus* et des *Premières Funérailles*.

Si l'on pense qu'à cette production incessante, Barrias ne voulant ni ne sachant se dérober jamais à aucun devoir, accepta, à la mort de son maître Cavelier, sa succession comme professeur à l'École des Beaux-Arts, et remplit, jusqu'aux derniers jours, ses fonctions avec une régularité et un dévouement qui lui ont valu l'affection de tous ses élèves, on estimera que sa carrière fut une carrière exemplaire, des mieux conduites et des mieux remplies. L'hommage qui lui est préparé par sa famille, ses amis, ses confrères, ne sera qu'un acte de justice.

ERNEST BARRIAS

Croquis à la plume de Mme Barrias — 1873

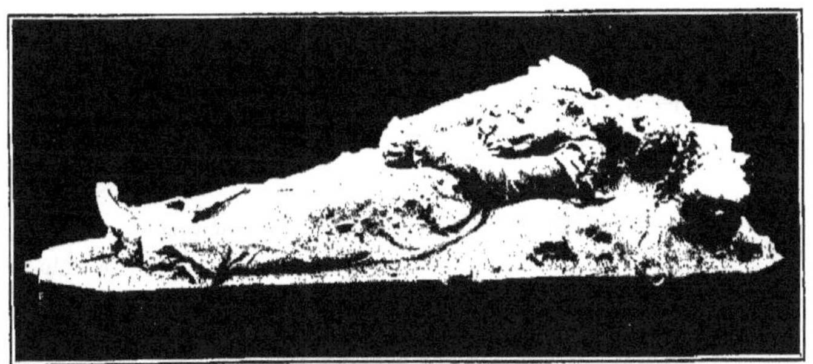

STATUE TOMBALE DE MADAME LA DUCHESSE D'ALENÇON, MORTE AU BAZAR DE LA CHARITÉ

Marbre — Basilique de Dreux — 1904

L'ŒUVRE

DE

ERNEST BARRIAS

STATUAIRE

1841-1905

*Les œuvres qui figurent à l'Exposition rétrospective du Salon des Artistes Français en 1908, ou qui y sont représentées par des moulages ou des esquisses, sont marquées d'une astérisque *.*

GROUPES ET STATUES

1. — **Virgile,** statue marbre (1865), hôtel Païva, Champs-Élysées, Paris.

2. — **Fileuse de Mégare,** marbre, 2me envoi de Rome (1869). L'original est au Musée du Luxembourg, une seule reproduction en bronze grandeur de l'original, chez Mme la Marquise de V. — V. p. 5.

3* — **Le Serment de Spartacus,** groupe marbre, dernier envoi de Rome (1872). L'original est au Jardin des Tuileries; reproductions en marbre, grandeur de l'orginal, chez Mme la Marquise de V. et à la Glyptothèque Jacobsen à Ny-Carlsberg, Copenhague. Le modèle en plâtre est à Rome, à l'Académie de France, Villa Médicis, l'épreuve moulée en plâtre sur le marbre appartient au Musée de Marseille. — V. p. 7.

4. — **Tombeau de Madame A. D.**, à Lima (1874), se compose de la statue couchée, portrait de Mme A. D., marbre, et de quatre statues de bronze assises : la Religion, tenant une croix; la Charité, avec deux enfants; Sainte Sophie, sa patronne, et un Ange tenant une couronne.

5. — **La Serrurerie et la Maçonnerie** (1874), figures décoratives, dessus de porte, avant foyer de l'Opéra (Paris).

6. — **Ange portant un enfant nouveau-né**, groupe marbre (1875), à Rio-Janeiro; appartient à S. A. I. la Comtesse d'Eu.

7. — **Bossuet**, statue marbre (1875), façade de l'Église de la Sorbonne (Paris).

8. — **La Science, L'Agriculture**, deux statues assises, en pierre (1875), à l'Hôtel de Ville de Poitiers, Guérinot, architecte. — V. p. 13.

9. — **Deux Cariatides** en pierre, à l'Hôtel de Ville de Poitiers (1875); reproductions en pierre, Villa Olivier, à Biarritz.

10* — **Enfants portant une vasque** (1877), marbre dans le Jardin de la Villa Olivier, à Biarritz. Reproduction en grès de Bigot.

11* — **Les Premières Funérailles**, Adam et Ève portant le corps d'Abel, groupe marbre, médaille d'honneur au Salon de 1878. Marbre original au Petit Palais des Champs-Élysées, Musée de la Ville de Paris. Une reproduction en marbre grandeur d'exécution à la Glyptothèque Jacobsen, Ny-Carlsberg, Copenhague. Modèle en plâtre, grandeur d'exécution, à l'Hôtel de Ville de Paris; moulage en plâtre sur le marbre, aux Musées d'Angers et de Dresde. Une grande réduction en marbre ayant décoré l'atelier de Munkacsy, appartient à M***. Deux réductions en marbre de la main de l'auteur, dont l'une, qui faisait partie de la collection Marmontel, appartient à MM. Fumière et Cie, Maison Thiébaut frères, éditeurs du groupe. — V. p. 11.

12* — **Bernard Palissy,** bronze (1880), appartient à la Ville de Paris; le modèle en plâtre au Petit Palais des Champs-Élysées; l'original en bronze au square Saint-Germain-des-Prés; épreuves en bronze, grandeur de l'original, à la Manufacture Nationale de Sèvres, au square Bernard Palissy, à Boulogne-sur-Seine, et à Villeneuve d'Agen. Édité par la Maison Barbedienne.

13* — **La Défense de Paris,** groupe bronze, obtenu au Concours en 1880. Rond-Point de Courbevoie. — V. p. 22 et 23.

14* — **La Défense de Saint-Quentin,** groupe bronze, place du 8 Octobre, à Saint-Quentin; se compose de trois figures ronde-bosse, deux bas-reliefs, et médaillon d'Anatole de la Forge. — V. p. 25.

15* — **Mozart enfant,** statue bronze (1883), bronze cire perdue au Musée du Luxembourg, Seule *reproduction* en marbre à la Glyptothèque Jacobsen, Ny-Carlsberg, Copenhague. Édité par la Maison Barbedienne, et par la Manufacture Nationale de Sèvres. — V. p. 27.

16* et 17. — **La Musique, le Chant** (1884), deux statues décoratives en marbre, dans l'escalier des Fêtes, Hôtel-de-Ville de Paris. Une reproduction de chacune de ces statues, grandeur d'exécution, à la Glyptothèque Jacobsen, Try-Calsberg, Copenhague. L'auteur a exécuté une réduction de la *Musique* et une autre du *Chant*, même grandeur qui appartient à Mme Armand Colin. Éditées par la Maison Thiébault. — V. p. 29 et 30.

18* — **Fleurs d'Hiver,** marbre, appartient à M. A. Trèves, diverses reproductions et réductions en marbre, toutes de la main de l'auteur. Éditée par la Maison Barbedienne.

19* et 20. — **Le Travail, la Fortune,** deux statues décoratives pierre, cheminée du Salon du Préfet à l'Hôtel de Ville de Paris.

21* — **Blaise Pascal,** statue pierre (1887), grand amphithéâtre de la Sorbonne (Nénot, architecte); l'esquisse en bronze appartient à Mme Barrias.

22* — **L'Électricité,** groupe décoratif pour la Galerie des Machines (1889). Le groupe qui a été exécuté en stuc, n'existe plus; il ne reste que le modèle réduit en plâtre, conservé à la Glyptothèque Jacobsen, et l'esquisse appartenant à Mme Barrias. — V. p. 30.

23* — **Deux groupes décoratifs** en bronze, pour le pavillon de la République Argentine, à l'Exposition Universelle de 1889, à Paris, pavillon transporté à Buenos-Ayres, Albert Ballu, architecte.

24. — **La Chasse,** statue marbre (1889), salle-à-manger du Préfet, à l'Hôtel de Ville de Paris. Éditée, par la Maison Barbedienne.

25* — **Jeune fille de Bou-Saada** (1890), statue originale, bronze, cire perdue, sur le tombeau du peintre Guillaumet, au cimetière Montmartre, le modèle en plâtre appartient au Musée de Dijon. Éditée par la Maison Susse. — V. p. 35.

26* — **La Nature se dévoilant devant la Science** (1893), statue marbre, à la Faculté de Médecine de Bordeaux. Une seule reproduction en marbre demi-grandeur a été vendue aux États-Unis. Éditée par la Maison Susse. — V. p. 72.

27* — **Jeanne d'Arc prisonnière,** statue marbre (1894), au monument de Bon-Secours, à Rouen, pour lequel Barrias avait également exécuté six enfants en marbre. Éditée par la Maison Susse. — V. p. 38 et 39.

28* — **Ange,** statue marbre, au cimetière de Passy; une reproduction et marbre. Appartient à M. Jacobsen, à Copenhague.

29* — **Le Dr Ricord,** statue bronze (1892), devant l'hôpital du Midi, à Paris; l'esquisse originale en bronze, appartient à Mme Barrias, et une seconde épreuve de cette esquisse en bronze, au Dr Ladislas Landowski. — V. p. 41.

30. — **Monument de Madame Talabot** (1892), se composant de sa statue à genoux, d'un grand bas-relief marbre, jeune fille écrivant le nom de Mme Talabot et enfant tressant des couronnes; et de quatre anges; le second bas-relief est l'œuvre de M. Denys Puech, membre de l'Institut. Le monument a pour architecte M. Lucien Magne et est placé dans le cimetière de Saint-Geniez (Aveyron). — V. p. 43.

31* — **L'Architecture,** statue marbre, sur le tombeau de l'architecte Guérinot, au Père-Lachaise. Le modèle en plâtre est conservé à la Glyptothèque Jacobsen, l'esquisse du monument appartient à Mme Barrias. — V. p. 51.

32* — **Statue d'Anatole de la Forge** (1893), bronze sur son tombeau au Père-Lachaise. — V. p. 49.

33* — **L'Éducation religieuse**, groupe marbre (1894), tombeau de Mme B. au cimetière Montparnasse. Appartient à Me Barboux. — V. p. 53.

34. — **Monument Carnot**, à Bordeaux (1895), se composant de la statue en bronze du Président Carnot, et d'une figure de femme en marbre, tendant une palme, J. L. Pascal, architecte.

35* — **Monument Schœlcher** (1895), deux statues bronze, celle de Victor Schœlcher, émancipateur des esclaves, et d'un nègre recouvrant la liberté, à Cayenne (Guyane Française). — V. p. 57.

36* — **Monument Émile Augier** (1895), bronze, place de l'Odéon à Paris. Le buste de l'écrivain surmonte un stèle. Les deux statues de femme représentent une Muse moderne et l'Aventurière; sur l'autre face, un jeune garçon tient le masque de l'acteur Got, représentant la Comédie. Édité par la maison Susse. — V. p. 58 et 59.

37* — **Monument élevé aux soldats français à Tananarive** (1897) ; se compose de trois statues bronze; la France, casquée et tenant le drapeau, abritant une Malgache, et au-dessous un soldat colonial au repos. — V. p. 66 et 67.

38. — **Ange à la Croix,** exécuté en pierre à la voûte de la basilique du Sacré-Cœur.

39. — **Maria Deraismes,** statue bronze (1898), au square des Épinettes, Paris. — V. p. 69.

40* — **Monument Darblay** (1898), exécuté en marbre dans le parc du château de Saint-Germain-lès-Corbeil, pour M. Paul Darblay à la mémoire de son père. Deux réductions en bronze du monument ont été faites pour la famille. — V. p. 70.

41* — **La Nature se dévoilant,** statue en marbres polychromes (1899). Musée du Luxembourg. Même statue en marbre blanc à la Faculté de Médecine à Paris. Une reproduction en marbre blanc, hauteur 1 mètre, chez M. A. Susse, et une seule en marbres polychromes également de 1 mètre, exécutée par l'auteur pour M*** à Paris. Le modèle en plâtre appartient au Musée de Bordeaux. — V. p. 73.

42* — **Monument Victor Hugo**, inauguré au centenaire de Victor Hugo en 1902, socle en granit, rocher entouré par les vagues, surmonté de cinq statues en bronze, celle du poète en exil et quatre figures de femmes représentant les quatre Vents de l'Esprit : la Tragédie, la

Satire, la Poésie Lyrique et l'Épopée. Sur le socle, quatre bas-reliefs bronze, dont deux par Barrias : la Nuit du 4 Août, « l'enfant avait reçu deux balles dans la tête », et Victor Hugo romancier. Les deux autres bas-reliefs sont l'œuvre d'André Allar, membre de l'Institut. camarade et ami de Barrias. Commandé par Paul Meurice, président du Comité, qui avait imposé le programme. Le modèle en plâtre du monument appartient au Musée de Lyon. Les modèles des deux bas-reliefs de Barrias sont au Musée de Nemours (Seine et Marne). — V. p. 78 et 79.

43* — **Le Refuge,** marbre (1899), Monument Auban Moët, élevé dans la cour de l'hospice à son fondateur. — V. p. 65.

44* — **Lavoisier,** statue bronze (1900), terre-plein de la Madeleine, rue Tronchet, Paris; le piédestal en granit rose, dessiné par A. Gerhardt, est orné de deux bas-reliefs en bronze. Lavoisier faisant une démonstration, et Lavoisier travaillant dans son laboratoire, avec sa femme. Le modèle en plâtre appartient au Musée de Grenoble.

45* — **Flore,** statue pierre (1900), sur la porte du Grand Palais, avenue d'Antin, A. Thomas, architecte. — V. p. 1.

46* — **L'Étude,** statue marbre, originale marbre (1903). — V. p. 85.

47* — **Le Christ,** statue marbre (1904), chapelle du château de Valmirande (Haute-Garonne), pour laquelle ont été reproduits les enfants du Monument de Jeanne d'Arc en bois doré, Garros architecte. Appartient au baron de Lassus.

48* — **Statue couchée de la duchesse d'Alençon** (1904), morte dans l'incendie du Bazar de la Charité, marbre dans la crypte de la basilique de Dreux. Un buste, étude plâtre, appartient à S. A. la comtesse d'Eu. — V. p. 101.

48 *bis*. — **La Religion, la Charité** (1874), statues bronze, pour le monument Auguste Dreyfus, à Lima. — V. p. 9.

BAS-RELIEFS

49. — **Ulysse rendant Chrysès à Chryséis,** second grand prix de Rome (1861).

49* *bis*. — **Frise décorative,** enfants, terre cuite émaillée (1863), villa Jollivet à Deauville. — V. p. 89 et 90.

50. — **La Fondation de Marseille,** (Gyptis choisit Protis pour époux), premier grand prix de Rome (1865), école des Beaux-Arts, Paris. — V. p. 3.

51. — **Ronde de faunes et de bacchantes,** 1er envoi de Rome, 1867.

52. — **Série de masques décoratifs** (1871), à l'Opéra, Paris.

53* — **La Comptabilité**, pierre (1878), au Louvre, pavillon de Marsan.

54* — **L'Architecture,** pierre (1878), palais du Louvre.

55* — **Quatre bas-reliefs,** pierre (1879), la Maçonnerie, la Serrurerie, la Science, l'Art; cour du nouveau Louvre, Lefuel, architecte. Des reproductions en pierre de ces bas-reliefs existent à la villa Olivier, à Biarritz.

56* — **Les Fleurs, les Fruits,** deux bas-reliefs, pierre (1883), avenue de Messine, Paris.

57* — **Frise décorative** (1885), enfants avec guirlandes et figures avec cartouches, représentant la Justice, le Travail, l'Épargne, la Charité, mairie de Neuilly (Seine). — V. p. 88.

58. — **La Seine**, bas-relief ovale émaillé (1886), cheminée du Salon du Préfet à l'Hôtel de Ville de Paris, entre les deux statues de pierre le Travail et la Fortune.

59. — **Nubiens,** bas-relief bronze, nouveaux bâtiments du Muséum d'histoire naturelle à Paris (1894), F. Dutert, architecte. — V. P. 55.

60* — **La Botanique,** bas relief pierre lithographique de Munich (1895). — V. p. 45.

61. — **Vie de Saint Joseph** (1897), tryptique en pierre lithographique de Munich, chapelle de Saint-Joseph à la basilique du Sacré-Cœur, représentant le mariage de Saint Joseph, la Sainte Famille et la mort de Saint-Joseph. — V. p. 61.

61 *bis*. — **Deux groupes décoratifs,** pierre, enfants tenant des écussons, façade d'un hôtel particulier, 8, avenue du Bois-de-Boulogne (1883).

62. — **L'Étude**. Composition placée à la Bibliothèque Nationale, angle des rues Colbert et Vivienne, J. L. Pascal, architecte (1902). Édité par la maison Susse.

63* — **La Fortune et l'Amour,** pierre lithographique de Munich.

64* — **Femme Crétoise,** profil, pierre lithographique de Munich.

BUSTES

65* — **Félix-Joseph Barrias père**, marbre (1863); appartient à la famille Barrias. — V. p. 2.

66. — **Alexandre Jazet,** graveur, marbre (1863), appartient à la famille. Paris.

67* — **Cavelier,** marbre (1874), appartient à la famille Barrias.

68* — **Jules Favre,** marbre (1864), appartient à l'Institut, une reproduction en bronze a été faite pour la famille. Reproductions en marbre à Paris, chez Mᵉ Barboux, à Lyon et à Bordeaux.

69. — **Étude de jeune Romain,** premier envoi de Rome (1867), appartient au Ministère des Beaux-Arts.

70* — **Henri Regnault,** peintre, bronze (1872). L'original a été offert par Mᵐᵉ Barrias au musée de la Ville de Paris, Petit Palais des Champs-Élysées. Une reproduction appartenant à l'État orne le cabinet du proviseur au lycée Condorcet, plusieurs autres se trouvent chez des amis de Regnault, les peintres Clairin et Ed. Blanchard, le poète Jean Lahor, etc.

71* — **M. et Madame L. C.**, buste double en marbre (1871), appartient à M. L. C.

72. — **M. et Madame A. D.,** deux bustes marbre (1875), appartiennent à Mᵐᵉ la marquise de V.

73. — **Castor**, ingénieur, bronze (1875), **Sauvage,** ingénieur, marbre (1865), tous deux faits après décès.

74. — **Madame Olivier,** grand buste marbre, avec les bras (1877), appartient au musée Bonnat, à Bayonne. — V. p. 15.

75* — **Madame Ernest Barrias,** marbre (1877). — V. p. 14.

76* — **Munkacsy,** peintre, bronze (1879), l'original, chez Mme de Munkacsy, à Paris; reproduction chez M. Ch. Sedelmeyer, Paris. — V. p. 17.

77* — **Dufaure,** marbre (1882), appartient à l'Institut, reproduction en marbre, au Sénat, à Versailles et à La Rochelle. — V. p. 26.

78* — **Madame Édouard Pépin,** marbre (1883), appartient à Mme Brelay.

79* — **Madame Armand Colin,** marbre (1883).

80* — **Madame Salles-Eiffel**, marbre (1883).

81* — **Le Dr Albert Hénoque**, bronze (1884), appartient à la Société de biologie (Paris).

82* — **Marmontel père,** professeur au Conservatoire, marbre, buste avec les bras (1885), appartient au Conservatoire de Musique et Déclamation; réduit et édité par la maison Thiébaut. Une grande réduction a été placée au musée de Clermont-Ferrand. — V. p. 33.

83* — **Le Dr Dechambre,** marbre (1886), appartient à l'Académie de Médecine. — V. p. 26.

84. — **O. Hériot,** marbre (1886); **A. Hériot,** marbre (exécuté après décès) (1886); **Madame Hériot mère** (exécuté après décès). Ces trois bustes appartiennent à Mme Hériot. Également, en marbre, après décès, buste de Mme Hériot mère.

85. — **Théodore Ballu,** architecte, membre de l'Institut, marbre (1887), à l'Hôtel de Ville de Paris.

86* — **Mademoiselle Anne D.**, marbre (1887), appartient à Mme D. Ainsi qu'une épreuve en terre cuite.

87. — **M. Dillais père,** avocat, bronze, appartient à la famille.

88* — **M. Maurice Boverat,** bronze, cire perdue (1888), appartient à M. Boverat.

89. — **Madame la princesse Georges Cantacuzène,** marbre (1889), appartient au prince G. Cantacuzène, Bucharest.

90. — **Mademoiselle Dano**, marbre (1889).

91. — **Diane,** buste décoratif (1889), hôtel de M. D. avenue Kléber.

92. — **William Denny,** marbre (1891), appartient à lady S. (Londres).

93. — **M. Lagache,** buste marbre, à Roubaix (1893) (exécuté après décès).

94* — **Hébert,** géologue, membre de l'Institut, marbre (1894), appartient à la Sorbonne.

95* — **Émile Augier,** marbre (1894), escalier de la Comédie-Française.

96* — **Mademoiselle Anne-Marie D.,** marbre (1894), appartient à M. Demonts.

97. — **Le Dr Bertrand,** marbre (1894). Établissement thermal du Mont-Dore.

98. — **Le Dr Jacquemier,** marbre (1895), à l'Académie de Médecine.

99. — **Le Dr Hirtz,** bronze sur son tombeau.

100* — **Portrait d'Ernest Barrias,** par lui-même, exécuté en pierre sur la voûte de la basilique du Sacré-Cœur (1897) et terminant un des corbeaux.

101. — **Le baron La Caze,** marbre, au Musée du Louvre.

102* — **Paul Barrias à un an.**

103* — **Daniel Barrias à un an,** masque terre cuite.

104* — **Madeleine Barrias.**

105* — **Ernest Parizot** (1904).

106* — **Félix-Joseph Barrias,** peintre, terre cuite. — V. p. 2.

107* — **Auguste Blanchard,** graveur, membre de l'Institut, terre cuite.

108* — **Jeanne B.,** buste d'enfant en terre cuite, appartenant à Mme Bénech.

109* — **Georges Clairin,** peintre, terre cuite.

110. — **Pierre Jeannest,** terre cuite.

111. — **Deux bustes terre-cuite,** portraits des enfants de Charles Pillet, commissaire-priseur.

112* — **Le Dr Troisier père,** buste bronze, appartenant au Dr Troisier, de l'Académie de Médecine.

113* — **Claudin armurier,** buste bronze.

114* — **Victor Hugo,** modèle plâtre, exécuté pour M. Rouff, éditeur des œuvres de Victor Hugo.

115* — **Mademoiselle Marguerite B.**, terre cuite, appartient à Mme Brelay.

116* — **Jeune fille**, buste Louis XV, le marbre appartient à M. Louis R., à Carcassonne.

117* — **Madame A. G.**, appartient à Mme A. Gerhaudt.

118* — **Albert Gaudry**, membre de l'Institut, marbre.

119. — **Dupont**, manufacturier, buste marbre, Beauvais.

120. — **Le Comte de Clocheville**, buste marbre.

121. — **Achille Psamien**, manufacturier et député, buste marbre.

122. — **Darblay fils**, buste marbre (1904).

STATUETTES

123* — **Le Printemps**, marbre (1865), hôtel Païva, Champs-Élysées, Paris.

124* — **La Fortune et l'Amour**, groupe bronze (1872). L'original appartient à M*** et une seule reproduction à Mme la marquise de V.

125* — **Italienne et enfant**, groupe bronze (1872), appartient à Mme Brelay; une épreuve chez M. Roger Ballu.

126* — **Bacchante couchée et enfant**, groupe terre cuite original (1873), faisant partie de la collection Marmontel. — V. p. 6.

127* — **La Première note**, enfant marbre, appartient à Mme Salles Eiffel; plusieurs reproductions existent, toutes en marbre, de la main de l'auteur; une seule épreuve en terre cuite chez M. le Dr Troisier, Paris.

128* — **La Famille**, groupe, terre cuite originale (1887).

129* — **Renommée**, statue décorative originale (1889), éditée par la maison Susse. — V. p. 16.

130* — **Bacchante courant**, (1891), argent, (éditée par la maison Susse). — V. p. 34.

131* — **Six enfants tenant des écussons**, pour le monument de Jeanne d'Arc à Bon Secours. (L'un de ces enfants a été reproduit en marbre par Agathon Léonard pour M. Henry Havard; une terre cuite appartient à M. Ernest Parizot; une seconde terre cuite à Mme ***.)

132* — **L'Espérance,** (1893), pierre lithographique de Munich, éditée par la maison Susse. — V. p. 46 et 47.

133* — **Danseuse,** bronze original, éditée par la maison Susse. — V. p. 54.

134* — **Fille d'Ève,** pierre lithographique de Munich (1899).

135* — **Ève,** ivoire, socle en bronze (1900), éditée en bronze par la maison Susse. — V. p. 75.

136. — **Victoire,** bronze, prix du Jockey Club, appartient à Mme la marquise de Ganay.

137* — **Le Printemps,** statuette marbre (1903).

138* — **Héro,** statuette originale, marbre, appartient à M. Ernest Parizot.

139* — **La Lumière,** bronze, femme debout, drapée, portant une lampe électrique. — V. p. 77.

140* — **Quatre anges,** en marbre, faisant partie du monument de Mme Talabot à Saint-Geniez (Aveyron).

MÉDAILLONS ET PLAQUETTES

141* — **Portrait d'enfant,** appartient à la famille de S.

142* — **Italienne,** terre cuite.

143* — **Gerhardt et Noguet,** architectes, **Ernest Barrias,** sculpteur, pensionnaires à l'Académie de France, bronze, appartient à M. Gerhardt.

144* — **Portraits des généraux Faidherbe, Farre et Lecointe, de l'armée du Nord,** études pour le groupe la Défense de Saint-Quentin.

145. — **Portrait d'Anatole de la Forge,** préfet de l'Aisne en 1870.

146. — **Portrait de Joseph Garnier,** le bronze est placé sur son tombeau, cimetière Montmartre.

147* — **Portrait de Jules André,** architecte, membre de l'Institut, marbre (1885), appartient à M. Pierre André, architecte. A été réduit pour ses élèves.

148* — **Gustave Guillaumet**, peintre, médaillon bronze placé sur son tombeau au cimetière Montmartre.

149* — **Mazerolle**, peintre (1893), bronze placé sur son tombeau au cimetière Montparnasse.

150. — **Charles Bigot** (1894), bronze placé sur son tombeau au Père-Lachaise.

151. — **A. Gerhart**, architecte, bronze, offert à leur maître par ses élèves (1899).

152. — **Julien Guadet**, architecte, professeur à l'École des Beaux-Arts, marbre, offert par ses élèves.

153* — **M. Paul Mirabaud**, plaquette exécutée pour la Société des Chargeurs réunis.

154* — **Le Vin Mariani**, terre cuite, appartient à M. Mariani.

155* — **Madame Ernest Barrias**, médaillon pierre lithographique de Munich, appartient à Mme Brelay.

156. — **Édouard Blanchard**, peintre, médaillon bronze sur son tombeau.

ŒUVRES DIVERSES

157. — **Compositions décoratives**, exécutées à l'hôtel Secrétan, rue Moncey, pour le plafond de la Galerie (1883).

158* — **Surtout en argent**, exécuté par Falize pour M. Arbel à Paris, et représentant la Fortune, le Travail et Vulcain (1884).

159. — **Une série d'enfants en bronze**, éditée par la maison Barbedienne : enfants au Panier, à la Tortue, à la Tire-lire, à l'Escargot, à l'Amphore, au Crabe; ainsi qu'un petit groupe : les Deux sœurs, et un vase, l'Amour et Psyché. — V. p. 21, 37, 81, 90, 91, 116.

160* — **Enfant couché lisant**, terre cuite originale pour Mme la baronne Nathaniel de Rothschild; une reproduction en pierre de Munich a été exécutée par l'auteur pour M. Ernest Parizot.

161 *bis*. — **Enfant à l'œuf**, bronze. La Revanche de Psyché.

162. — **Surtout, la Revanche de Psyché**, exécuté en argent par Falize pour le prix de Courses du Jockey Club (1886).

163. — **Deux enfants jouant autour de vases,** surmontant une corniche.

164. — **Proue pour le yacht de M. Paul Mirabaud,** (1901). — V. p. 82.

165. — **La Seine et l'Oise**, surtout, prix de Courses de Chantilly, exécuté en argent par Falize.

166* — **Job,** « *Maudit soit le jour où je suis né* » au Grand Palais des Champs-Élysées, côté du quai et de l'avenue d'Antin, Albert Thomas, architecte. — Esquisse bronze, une autre épreuve en bronze appartient à M. Paul Landowski, statuaire; l'original en terre cuite à M. Daniel Barrias. — V. p. 83.

167* — **Le Destin**, esquisse originale bronze (1903). — V. p. 99.

168* — **La Chimère,** esquisse originale bronze. V. p. 62 et 63.

169* — **Le Triomphe de la Jeunesse,** esquisse originale bronze.

170* — **Portrait de Got,** de la Comédie-Française, étude de masque pour le monument Émile Augier.

ESQUISSES

171. — **Dryade.**

172* — **Liseuse.**

173. — **Jeune mère endormant son enfant,** terre cuite.

174. — **Petits musiciens,** deux groupes d'enfants pour la décoration de l'hôtel Secretan, rue Moncey, plâtre.

175. — **Crétoise,** terre cuite.

176. — **Crétoise et enfant,** terre cuite, souvenirs d'une insurrection en Crète.

177. — **Le retour du proscrit,** terre cuite.

178. — **Jeanne d'Arc.**

179. — **Esquisses** pour le tombeau de la duchesse d'Alençon.

180. — **Esquisses** pour la statue de la Nature nue.

181* — **Esquisses** pour la statue de la Nature drapée.

182* — **Le Serment de Spartacus.**

183. — **Char de fée.**

184. — **L'Aventurière.**

185. — **La Charité.**

186* — **Femme couchée sur une tombe.**

187* — **Tombeau de Gustave Guillaumet,** peintre.

188* — **Tombeau de l'architecte Guérinot.**

189* — **La Mort de la Poésie,** terre cuite. — V. p. 98.

190* — **La Madeleine.**

191* — **Caïn,** bronze — V. p. 95.

192* — **La mère de Caïn.** — V. p. 96.

193* — **Le Sphinx,** bronze. — V. p. 93.

194* — **La Sirène.** — V. p. 94.

195* — **Antigone,** études d'après Mme Bartet.

196* — **Repos du modèle.**

197* — **Le dernier voile.**

198. — **Ève,**

Et pâle, Ève sentit que son flanc remuait (V. Hugo).

199. — **Esquisse** pour le monument Carnot.

200* — **La Guerre.** — V. p. 97.

201* — **Tryptique :** Vie de saint Joseph.

202. — **Esquisse** pour une statuette de jeune fille.

203* — **Projet de fronton.**

204. — **Christ,** au Sacré-Cœur.

205. — **L'Éducation religieuse.**

206* — **L'Étude, le Jour et la Nuit** (bas-relief).

207* — **Enfant soulevant un vase**.

208. — **Fontaine.**

209* — **La Consolation.**

210 et 211. — **Esquisses de femmes.**

212* — **Fragments** de la frise de l'Hôtel de Ville de Neuilly.

ÉTUDES ET CROQUIS

213. — **Les premières funérailles**. Étude crayon (1877) du groupe marbre. — V. p. 10.

214. — **Bernard Palissy.** Étude crayon (1879) pour la statue bronze. — V. p. 18.

215. — **Eugène Guillaume,** dessin à la plume. — V. p. 87.

216. — **La Ville-Renault,** croquis d'après nature. — V. p. 87.

L'ENFANT AUX LIANES

Vase bronze — 1871

IMPRIMÉ

PAR

PHILIPPE RENOUARD

19, rue des Saints-Pères

PARIS

www.ingramcontent.com/pod-product-compliance
Lightning Source LLC
LaVergne TN
LVHW012019220826
846092LV00001B/415

* 9 7 8 2 3 2 9 7 6 9 7 6 9 *